# LE RAPPEL.

A CEUX DE MES ANCIENS COMPAGNONS D'ARMES, QUI LANGUISSENT DANS L'OISIVETÉ, OU QUI ONT VOLONTAIREMENT QUITTÉ LA FRANCE;

## Par Antoine BÉRAUD.

L'amour de la patrie doit croître à mesure qu'elle est malheureuse.

## A PARIS,

A LA LIBRAIRIE NATIONALE ET ÉTRANGÈRE,

QUAI DES AUGUSTINS, Nº. 17.

1821.

# LE RAPPEL.

IMPRIMERIE DE POULET, QUAI DES AUGUSTINS, N°. 9.

# LE RAPPEL.

A CEUX DE MES ANCIENS COMPAGNONS D'ARMES,
QUI LANGUISSENT DANS L'OISIVETÉ, OU QUI ONT
VOLONTAIREMENT QUITTÉ LA FRANCE;

PAR ANTOINE BÉRAUD.

> L'amour de la patrie doit croître à
> mesure qu'elle est malheureuse.

A PARIS,

A LA LIBRAIRIE NATIONALE ET ÉTRANGÈRE,
QUAI DES AUGUSTINS, Nº. 17.

1821.

# A ma Muse.

---

Vierge sainte et guerrière, ô ma Muse chérie,
Toi dont la liberté répéta les chansons,
　　Toi qui dans les combats nourrie,
N'as voué tes accords qu'aux pleurs de la patrie,
De mon luth en ce jour viens ennoblir les sons.

Tu le sais ; quand la France a dû briser ses armes,
J'abjurai tous ces chants par l'amour inspirés ;
D'un Pinde tributaire enfans déshonorés,
Ces chants pour Vénus même auraient perdu leurs charmes.
Honteux de la défaite, appelant les alarmes,
Je n'ai ri qu'aux affronts du Russe ou du Germain ;
Et si mon élégie a répandu des larmes,
Ce n'est qu'un casque au front et le glaive à la main.

# A MA MUSE.

Rappelé sous le toît où grandit mon enfance,
Déshérité de gloire, et n'ayant pour tout bien
    Qu'un luth et qu'un cœur citoyen,
Je n'ai point abaissé mon âpre indépendance.
Infidèle aux malheurs de notre vieille France,
Et de tous les succès fidèle admirateur,
Si j'avais pu des grands caresser l'insolence,
Leur or eut protégé mon vers adulateur.
    Sur eux je gardai le silence ;
Aux trônes, aux palais j'ai refusé mes chants ;
Et pauvre, mais heureux de mes libres penchans,
J'ai suspendu ma lyre à côté de ma lance.

# LE RAPPEL.

# LE RAPPEL.

LOIN du sol paternel j'éxilais mes douleurs.
A ton Pinde muet léguant mes derniers pleurs,
France, je te fuyais : et, de gloire altérée,
Ardente, aux bois chéris du poëte d'Ascrée [1]
Ma muse dévouait son luth religieux.
Mais ces projets d'exil, mais ces pleurs, ces adieux,
Les champs de la Calcide, aux immortels ombrages,
Les rives du Mélès, des cieux exempts d'orages ;
A la postérité mon docte souvenir,
Tout s'est évanoui !.... plein d'un autre avenir,
J'ai changé tous mes vœux ; et dans son vol rapide,
Va s'égarer sans moi ma fière Aganippide [2],
Et le noir Océan n'attend plus mon vaisseau.

---

[1] Hésiode.
[2] Surnom des Muses, tiré de la fontaine Aganippe qui coulait
du pied du mont Hélicon ; elle se jetait dans le Permesse.

Lieux sacrés, où les dieux ont placé mon berceau,
Il fallait vous quitter, lorsqu'en héros féconde,
Et triomphante, et belle, et maitresse du monde,
La France, à ses enfans ouvrant un libre essor,
Aux mains de chacun d'eux plaçait son sceptre d'or.
De sa gloire entouré, de rivage en rivage.
Alors un juste orgueil eût porté mon courage;
Partout du nom Français j'eusse invoqué les droits;
Et souvent ce nom seul a fait pâlir des rois.
Ainsi, loin des remparts où s'engloutit Carthage,
Un Romain, fort d'un nom son plus bel héritage,
Voyait devant ses pas tous les pas s'empresser,
Tous les sentiers s'ouvrir, tous les fronts s'abaisser;
Et trois parts de la terre adoraient dans un homme
Le peuple, le sénat et les aigles de Rome.

Voila comme en dépit de l'oppresseur des mers,
Le nom Français vingt ans étonna l'univers;
Et, sous le vaste abri de ses vingt ans de gloire,
De mes exploits futurs, moi, je rêvais l'histoire!...
De ce rêve éclatant deux fois désabusé,
Deux fois j'appris à fuir.... et mon glaive est brisé,

La France, ouvrant aux rois de sanglantes arènes,

De l'empire du monde a dû quitter les rênes.....

Mais moi, qui protégé de destins complaisans,

Suis né libre et Francais; moi, dont les jeunes ans

De notre liberté saluèrent l'aurore;

Moi, poète et soldat, qu'un double feu dévore;

Moi qui de tous vos rois ai vu jadis l'orgueil

Frémir au vol d'une aigle, ou ramper sous son œil,

Et qui, dans leurs palais en proie à nos phalanges,

De l'arbitre suprême entonnai les louanges,

Irai-je, hôte avili des vaincus d'autrefois,

Mendier un asile où nous dictions des lois!.....

De l'étranger, grand dieu! quel serait le langage!

De sa haine, on le sait, trop de honte est le gage.

Voyez cet être obscur, qui, du sort rebuté,

Livre au mépris des grands sa lâche oisiveté.

Habile esclave, il tremble, et se courbe, et se traîne,

Et rampe, en souriant, sous la main qui l'enchaîne.

Qu'il échappe, un moment, au joug accoutumé,

Et que de la fortune à son regard charmé

La faveur imprévue un moment se déploie,

Insolent, il se lève et se dresse : et sa joie,

Tout entière au présent repousse le passé,
Et son long esclavage est un rêve effacé.
Mais voici de ses fers l'empreinte injurieuse!
Mais, à l'aspect des grands, sa bassesse orgueilleuse
Pâlit; et frémissant de honte et de fureur,
Il maudit ces témoins de son long déshonneur.

Héros improvisé, novice à la victoire,
Et d'un succès vendu caressant la mémoire,
Tel serait l'étranger; et son jaloux orgueil
Me redirait alors notre France au cercueil.....
Non! dût sur toi le sort épuiser sa furie,
Ne te quittons jamais, ô ma chère patrie!
Fidèle à tes malheurs, ô mes belles amours,
Sous tes autels déserts cachons nos tristes jours.
Si nous ne pouvons plus te couvrir de nos armes,
Restons... restons, du moins, pour essuyer tes larmes!
Et n'oublions jamais, qu'en tes pressans besoins,
Un Français qui s'exile est un guerrier de moins!

Mais quoi? toujours gémir! quoi? toujours ma pensée
S'attachera plaintive à ta splendeur passée!...

Elle n'est plus ; et moi, par de stériles pleurs,
J'irrite mes ennuis, sans venger tes malheurs.
Dans un repos obscur traînant sa rêverie,
Et d'amers souvenirs obstinément nourrie,
Trop long-temps ma douleur dédaigna l'avenir;
Je l'ai trop écoutée, et je dois m'en punir.
Où sont donc les sermens que te fit mon jeune âge?
Il jura, devant toi, de fuir tout esclavage.
Tu ne l'ignores pas; tous ces honneurs pervers,
Dont vous paye un tyran quand il vous met aux fers,
Rangs, cordons, titres vains, évoqués de Versailles,
Je ne les cherchai pas sous le feu des batailles ;
Et même, après dix ans de généreux travaux,
Je ne disputai point à mes nombreux rivaux
Ce signe de l'honneur... qui m'était dû peut-être.
On m'a vu ton soldat, et non celui d'un maître ;
Plébéien, vers les camps par la gloire emporté,
Je demandai la gloire avec la liberté !
La liberté, long-temps, loin de ton sol immense,
S'exila?... dans les camps j'ignorai son absence ;
Et lorsqu'on t'enchaînait aux lauriers de tes fils,
J'admirais à tes pieds Vienne et Rome et Memphis;

Et je te croyais libre ; en te voyant si belle !
Telle était mon erreur. Esclave enfin rebelle,
L'Europe, de ses rois vengeant le long affront,
D'un triple diadême a dépouillé ton front.....
Oublions donc Bellone et ses terribles fêtes !
Oublions tout l'éclat de vingt ans de conquêtes.
Il faut d'autres vertus en tes destins nouveaux ;
Ces vertus, ces destins veulent d'autres travaux.
Loin tous mes souvenirs ! loin mon repos funeste !
La gloire m'a trahi... la liberté me reste !
La liberté !... pour elle on sait encor mourir,
O France, et c'est ainsi que l'on doit te chérir.


Oui, c'est toi que j'atteste, ô puissante déesse,
Liberté, dont l'amour inspira ma jeunesse !
Et vous, mes demi-dieux, héros, mânes sacrés
De nos Belges encor quelquefois implorés ;
Et vous, de mon pays ô dernière espérance,
Vous l'honneur du forum, vous l'amour de la France,
Elite des Français, orateurs citoyens,
Du peuple et de ses droits vous les derniers soutiens ;

De mon jeune Apollon repoussant la colère,
Et mes projets d'exil et la rive étrangère,
Je reste à la patrie, et lui voue à jamais
Et ma vie et mon âme et mon cœur tout français.
A la servir encor mon audace occupée
S'armera d'une lyre à défaut d'une épée.
Je ne demande pas, qu'éveillés à mes vers,
Les cercles fastueux qu'assemblent nos hivers,
A mon nom chaque soir prodiguent leurs hommages.
Je fuis leurs faux transports. Ah! dans ces jours d'orages,
Plus heureux si mes chants, jusqu'aux hameaux portés,
Et sous leurs toits obscurs en secret répétés,
Effaçaient du passé la mémoire importune;
De mes vieux compagnons consolaient l'infortune;
A leurs cœurs ranimés portaient un autre espoir;
Dans un autre avenir leur montraient leur devoir,
Et leurs besoins nouveaux, et pour l'indépendance
De leurs vœux réunis l'invincible puissance.


Je le sais; en ces jours pleins d'ennuis et de pleurs,
La France est peu docile aux accords des neuf sœurs.

Mais, vous que tant de fois a célébrés ma lyre,

Vétérans de l'honneur, secondez mon délire ;

Pleins de ces grands pensers que redoutent les rois,

A mes accens hardis unissez votre voix ;

Et si long-temps encor, sous de fatals auspices,

Notre France s'endord au bord des précipices,

De vos cris généreux poursuivant son sommeil,

Partagez avec moi l'honneur de son réveil.

IMPRIMERIE DE POULET.

www.ingramcontent.com/pod-product-compliance
Lightning Source LLC
Chambersburg PA
CBHW061532170626

46811CB00004B/1933